KB053385

현대시세계 시인선 140

울컥하다는 말

김석일
시집

울컥하다는 말

김석일
시집

도서
출판 북인

결국, 또
지쳐서 주저앉은 사람들 모습을 담았다.

이유가 뭘까?
나도 잘 모르겠다.
그냥 자꾸 눈길이 간다.

행여 내 모습도
누군가가 유심히 지켜보고 있는 건 아닌지?

언제부터인가 삶에서
시나브로 신바람이 빠져나간다.

壬寅年 새 봄에
김석일

차례

1부

후배 1

해질 무렵, 평소에는 형이라고 부르다가 술만 취하면 맞먹어도 될 나이라며 꼬박꼬박 자네라고 호칭하는 상당히 싸가지가 결여된 좋아할 수도 미워할 수도 없는 경계에 머무르는 후배 녀석한테서 전화가 왔다

— 형 지금 뭐해?

그 속을 뒤집어 보듯이 뻔히 아는지라

— 지금 네 전화 받고 있다 왜? 했더니
— 이 형 옛날에는 쓸 만했는데 이젠 물건 완전히 못쓰게 되셨구만 그랴! 하며 전화를 끊었다

캬! 녀석한테 염장질하려다 녀석 염장질에 내가 찔리고 말았다

후배 2

설날 아침
한동안 소식이 없던 후배가 문자를 보내왔다

— 형님 새해 건강하고 정력 충만하십시오

쑥스럽고 기특해서 덕담할 요량으로 답신을 했다

— 고맙다 너도 새해에는 더욱 건강하고 술도 좀 줄여라

곧바로 회신이 왔다

— 암만 나이를 잡수셨어도 할 말 안 할 말 내가 할 말 니가 할 말은 가려서 할 줄 아는 습관을 기르도록 노력합시다 형니~임

아무래도 금년 역시 후배 녀석들 등쌀에 쥐꼬리만큼 받는 국민연금이 거덜날 것 같다

후배 3

하루 종일 집에서 텔레비전 중계방송을 보며 냉장고 문이나 여닫는 내 꼴을 더 이상은 못 봐주겠다는 마누라 인내심이 임계점에 도래되었음을 직감할 수 있는 서늘한 눈빛을 등 뒤로 느끼는 순간, 후배 녀석한테 전화가 왔다

— 형 홍어무침에 냉 막걸리 한잔 하러 나오슈

기가 막힌 타이밍에 전화를 걸어준 후배가 마냥 고맙고 기특하고 사랑스러워 한걸음에 달려나가 한잔 걸치고 얼쩡한 것까지는 좋았는데 이 친구 계산할 생각을 전혀 안 한다 아뿔싸! 경황 중에 또 당했다 싶어 한소리 했다

— 야 너 왜 맨날 선배 불러놓고 계산할 때는 딴청을 부리고 그러냐? 짜샤!

이 친구가 정색하고 나를 타이르듯 철학적인 어조로 말했다

— 형! 집에서 마누라 눈치나 보고 있는 중늙은이 불러내서 자리 깔아주면 됐지 술값까지 내라고 하면 경우가 아니

지! 그런 식으로 살면 이담에 죽어서도 좋은 소리 못 들어 형! 알아?

히야! 말문이 막혀 애꿎은 주인아줌마한테 큰소리로 말했다

— 아줌마 여기 막걸리 한 병 더 줘요

후배 4

장대비 억수같이 쏟아지는 날, 너무 반듯한 게 흠결인 후배가 찾아왔다

대폿집 한구석에서 무거운 침묵을 주고받다 허공에 눈길을 둔 채 그가 말했다

— 형 내가 개구녁받이라는 거 알지?
— 그래 근데 그게 왜?

쓴 소주를 입에 털어넣곤 연극배우 대사 외우듯 말을 잇는다

— 집사람이 열 달 배 아파 난 자식도 아닌데 뭐 어떻냐고 옥련 씨를 양로원에 맡기고 친정 식구들 있는 미국으로 가자네!

딱히 할 말이 궁해 서툰 위로를 했다

— 많이 힘들겠구나!
— 내가 옥련 씨를 두고 어떻게 가!

느닷없이 큰소리로 말하고 꾹꾹 눌렀던 울음보를 기어이 터트렸다

그가 옥련 씨라 부르며 안아줄 때면 목련꽃 같은 하얀 함박웃음을 짓던 옥련 아줌마 모습이 흐느끼는 그의 얼굴에 겹쳤다 우르르 우르르 천둥이 분노를 삭이고 있었다

상처가 된 말 1

그냥
고마워! 하면 좋았을걸

종일 더위에 들볶이고 세파에 부딪치고 시달렸을 사랑하는 사내이기에 돌아오면 모든 걸 떨치고 편히 쉬라고 알뜰살뜰 바라만 보던 에어컨을 까짓 전기세! 작정하듯 큰맘 먹고 시원하게 틀어놓았는데…

지친 몸으로 들어서던 남편 이깟 더위쯤 못 참고 에어컨이야! 살림을 어떻게 하는 거야! 짜증스런 한마디에 에어컨이 히터가 되고 사랑이 할퀸 상처가 너무 컸기에…

이혼!

금기어를 입에 담는 심한 다툼! 무더운 여름밤의 열기보다 더 뜨거운 가슴속 열기가 태풍도 지나갔건만 여전히 뜨거운 그들이다

상처가 된 말 2

그냥
힘들어도 참아! 하지

어림잡아 십수 년
서로가 많이 힘들었을 거란 걸
우리 모두 알고는 있지만

죽고 싶어! 할 때
그렇겠다! 라는 장단이
얼마나 춥고 아팠을까?

늦은 밤
떨리는 손으로 간신히 써 보낸
우리 마누라 죽었다라는 부고

한쪽 구석에
넋 나간 반백의 사내
내 눈을 빤히 바라보곤
일그러진 눈물샘을 연다
녹슨 눈물이 많이 붉다

상처가 된 말 3

그냥
그만하자 하면 될 걸

정치인은 애저녁에 아닌
애매한 애국자 두 녀석
입에 거품을 물었다

이게 나라냐고 열 올리는 녀석
그건 아니라며 냉정해야 한다며
그게 우리가 할 일이라는 대응에
기어이 터졌다

너도 빨갱이냐 새꺄!

삼복 열기와 술기운이
순식간에 얼어붙고, 끝내
무거운 침묵을 박차고
한 녀석이 자리를 뜬다

무려 육십년지기인 두 녀석

충분히 녹았으리라 기대도 했는데
아직도 아주 단단한 얼음이다
남과 북만큼이나 요원하다

상처가 된 말 4

그냥
죄송합니다 하면 될 걸

— 집보다 여기가 편하시죠?

고관절 고장으로 제 몸 간수도 제대로 못하는
같이 늙어가는 며느리 마주하기 민망해서
먹먹한 가슴으로 자청해 들어온 곳인데
눈물 콧물로 찌든 얼룩 정성스레 닦아내던
내 집보다야 어찌 낫겠는가?

어쩌다 잊을 만하면 한번씩
소풍 삼아 구경 삼아 우우 몰려와서
할 소리 안 할 소리 중언부언

차라리 안 와도 좋으련만
지들 편하자고 찾아와서는
결국, 시퍼런 명치 한가운데
단단한 대추나무 가시 하나 박는다

상처가 된 말 5

그냥
잘 먹었다 하면 좋았을걸

— 니가 웬일이냐? 미군 지갑 줏었냐?

되는 일도 그렇다고 안 되는 일도 없이
팔자려니 생존의 길을 걸어온 사람이기에
늘 한쪽 구석에서 존재감을 감추었던 그가
전에 없었던 친구들 술값을 냈다

누대에 걸쳐 익숙해진 가난을
온몸으로 견디며 사는 그를 알기에
의례 그러려니 이해했는데…

— 아들이 내 생일이라고 용돈을 줬어

언젠가 아들이
아빠 친구들 대접 한번 하시라고 했다더니

흔히 하던 농담이 농담으로 안 들렸나
민망해진 그의 눈이 허공을 훑는다

상처가 된 말 6

그동안 수고하셨습니다
고맙습니다 하면 될 걸

어느 모로 보아도 나라와 백성을 위하기보다는
자신의 영달이 우선이었을 사람인 줄 알지만
학연, 지연, 혈연 들먹이며 도움을 청할 때
차마 거절하지 못하고 선거판에 기웃거렸는데

당선!
그 달콤한 마약에 금세 취했는지 턱이 올라갔다
"선거법 때문에 운신의 폭이 좁습니다
각자 알아서 당선 축하주 한잔 하십시오"
누가 술 사달란 사람 없는데 역겹다
또 한 사람의 얄량한 사이비 애국자를 만들었다

멀뚱히 서 있는 늙다리들한테 내가 말했다
"갑시다 내가 소주 한잔 살 테니"
진심인지 비아냥인지 한 친구가 이죽거린다
"당선자가 쐬주값 좀 주던가베 니미"

상처가 된 말 7

— 아무래도 나는 고독사를 하겠지!

슬픈 표정의 자조적인 그의 말을
그냥 듣기만 하면 좋았을걸

— 그럼 너 죽으면 호상이라도 치를 줄 알았냐?

술김에 농처럼 툭 던진 말이련만
악담 같은 비아냥으로 들렸으리라
푹 꺼진 그의 눈자위가 더 깊고 검다

두 번의 실패와 이별
다행히 아이들은 각각 어미를 따라갔다
남매는 미국으로 한 아이는 일본으로

허름하게 찌든 사글세 단칸방
늙어가는 그의 일상은 불편한 화제거리다
금수저 팔아 흙수저 산 지 오래이다

습관처럼 아무 술자리나 끼어드는 그를

굳이 탓하는 사람도 반기는 사람도 없다
이제 더 구겨질 자존심도 없으련만
이따금, 그의 표정에 분노 같은 슬픔이 스친다

일상
— 코로나19

날 비린내를 풍기며 밀려온
낯선 체념과 분노, 그리고
어찌해볼 도리조차 상실한 쓸쓸함

원죄를 털어내지 못한
인간의 욕망이 저지른 업보가
보석보다 더 소중한 남은 날들을
덥석덥석 먹어대는 현실에
낮과 밤이 뒤섞인 지 이미 오래다

시비를 가려야 하는 건지, 아님
자숙의 의례를 치러야 하는 건지
조용히, 아주 집요하게 다가오는
자연의 분노를 어찌할 수 없기에
애먼 이웃 간의 눈빛만 부박하다

칠흑 같은 그믐밤을 견뎌야
초하루 새벽 여명이 찬란하다는
그런 희망 섞인 기다림이 아니기에
손이 닿지 않는 등짝 긁듯, 또,
하루가 웃픈 몸짓으로 지나간다

단상
― 코로나19

늘, 용돈이 부족한 것 같다고 스스로 불만이라
그래서 그것이 어쩌면 작은 불행이라 여겼는데…

마음대로 외출도 여행도 할 수가 없기에
남들 의식한 입성 걱정 안 하니 옷값 안 들고

삭망朔望 지내듯 날 잡아 아내와 외식 안 하니
어색한 동반도 외식비 들어갈 일도 없고

손주들 자주 못 만나 조금은 아쉽고 보고파도
녀석들 비위를 어떻게 맞추나 고민 안 해도 되고

선배 친구 후배 서로 거북해 연락 못하니
안주 고르랴 술값 내랴 머라 굴릴 일 없고

돈들 일 확연히 줄어 경제적으로 여유롭고
아내와 장시간 같이 있어 엄청 좋아야 하는데

어쩐 일일까? 몸도 고단하고 마음도 썰렁하니
아마 코로나19가 사람 됨됨이를 살피나보다

독기 毒氣
— 코로나19

진눈깨비 내리는 점심시간
사람들 법석이는 설렁탕집, 한 켠
보란 듯이 수육 한 접시 시켜놓고
연거푸 소주잔을 들이켜는 두 여인

주위 눈치를 살피는 게 아니라
누가 시비를 걸어오길 바라는 듯
자세가 박달나무처럼 옹골지고
주름 잡힌 미간에 힘이 들어 있다

술이 고픈 것은 아닌 것 같은데
누가 그녀들을 화나게 했을까
남편일까 자식일까 아님 시부모일까
모두 아니라는 듯, 한 여인이 폭발한다

— 빨리 마셔 이년아
— 그래 먹고 죽은 귀신은 때깔도 좋다더라
— 자 코로나를 위하여 씨발
그녀들 눈가에 독기가 서린다

세월
— 코로나19

　도대체 어찌해볼 수 없는 현실의 억울함을 달래볼 심산으로 온 천지에 매설된 코로나19라는 부비트랩을 피해, 술이라면 자다 말고 벌떡 일어나는 못 말리는 친구, 술은 영혼의 생명수요 인생의 조미료라고 우기는 친구, 술은 곡주가 건강에 좋다고 청주로 시작해서 나중엔 싱겁다고 소주로 바꿔 마시는 웃기는 친구, 셋이 용감하게 뭉쳤다

　전혀 말이 안 되는 것 같은 왕년 연애담을 마치 전쟁터에서 살아 돌아온 병사 무용담하듯 낄낄대며 입에 게거품을 물고 열심히 해대는데, 제 자랑 제가 해놓고도 뒤끝이 허전한지 표정이 계면쩍다

　궁색해진 화젯거리 모면하듯 허공만 훑다가 애꿎은 마누라가 걱정(?)한다고 기름기 마른 무릎 짚고 일어나 갑자기 서늘해진 거리로 나서며 잔뜩 웅크리고 제 갈 길로 돌아서는 모습이 낯설도록 많이 작아 보인다

　결국, 오늘도 버티는 그들의 괴춤을 잡고 허접한 세월이 갈길을 서두른다

마지막 소원

주인을 닮아 별 하는 일 없이 빈둥대는 전화기가 늦은 오후 몸서리치듯 부르르 떨면서 존재를 알린다 가뭄에 콩 나듯 걸려오는 전화인지라 응당 반가워야 하는데 이상하게 쿵 하는 불길한 예감이 먼저 가슴을 때린다

— 어머님 돌아가셨어요

하나도 슬프지 않은 바삭한 목소리로 소식을 전한 사람은 언제 보아도 서걱대는 먼 촌 제수씨다

— 언제요?
— 오늘 아침에요 빈소는 ○○장례식장이에요

보고 마친 군대 당번병같이 절도 있게 전화를 끊는다 세상 싸가지없는 불효자식 표본이라도 되듯 살아온 먼 촌 아우의 제 어머님 부고가 사람 속을 뒤집었다

남들 모르는 나만의 고맙고 따듯한 사연이 있는 아주머니인지라 마지막이리라 여기며 요양원으로 찾아뵈었을 때 당신의 안부를 물으러 간 나에게 내 안부를 더 많이 물으며

손을 놓지 않았었다

— 많이 힘드시죠?
— 그래 마지막 소원이 하나 있는데 잘 안 되는구나
— …!?
— 빨리 죽었으면 좋겠다

2부

또 하나의 슬픔

막걸리잔을 받아놓고 한참을 내려다보는 백발의 팔순 선배
목에 가시라도 걸린 듯, 불편한 침묵이 길다

— 무슨 일 있으세요?
— 죽었대!
— 누가요?
— 국민학교 때 여자 짝꿍이

팔순의 소녀가 죽었나보다 가늘게 떨리는 손으로 잔을 비우는 늙은 선배의 짓무른 눈에 또 하나의 슬픔이 물방울로 맺힌다

아름답다는 것

소녀감성은 불변인 것인가

낙엽, 떼지어 촐랑대며 구르는
공원 한쪽 엉성한 빨간 벤치
다소곳이 앉은 하얀 머리 여인
무상무념
멈춘 시간의 속살을 헤집는다

정적에 놀란 한 무리 비둘기떼
어지러이 허공을 흔드는데
오지게 자세를 고집하는
저 쓸쓸하고도 아름다운 모습은
무엇이란 말인가

어깨 너머 잿빛 하늘이, 울컥
붉은 노을을 토해낸다

웃픈 사람

　요즘 입을 옷이라고 자기가 좋아하는 원피스를 꺼내 다리다가 한참을 다려도 주름이 펴지질 않는다고 내게 하는 말인지 자신에게 하는 말인지 짜증 섞인 푸념을 늘어놓는 아내에게 옷이 오래되어서 그런가보다고 맥없이 응대를 하다가 힐끗 바라보니 다리미 코드는 콘센트에 꽂혀 있는데 전원 스위치가 켜지질 않았다 일러주면 혹시 자존심이라도 상할 것 같아 다리미가 고장났나 너스레를 떨며 슬그머니 스위치를 올려주었다

　아침 봄볕은 따사로운데 마음 한구석이 서늘하다 저녁나절 꽃구경 가자고 동반 외출해서 좋아하는 옛날식 통닭에 생맥주 한잔 사주어야겠다 봄날이 또 가고 있다

이쪽저쪽

자신의 나이는 까맣게 까먹고
죽음을 남의 일로 치부하는
참 철없는 중늙은이들이
욕심 꿈틀대는 희망을 나눈다

아파트값이 더 오를 것 같다고
고향 선산이 개발될 것 같다고
수입 영양제가 정말 좋은 것 같다고

못마땅한 친구가 삐딱하게 한마디 했다
— 야 그래봤자 십 년 이쪽저쪽이야 짜샤
의아하게 쳐다보는 화상들한테 덧붙였다
— 십 년 이쪽이면 80이고 저쪽이면 90이야
헛소리들 하지 말고 그냥 편하게 살아

십 년을 앞뒤로 헤아려보던 중늙은이들
멀뚱멀뚱 뿌연 눈동자를 굴린다

자고 싶다

설령 깨어나지 못한다 해도
보초 서다 고꾸라져 잠들었던
그런 단잠을, 단잠을 자고 싶은데…,

잠을 내쫓는 느닷없는 요인들
무엇일까? 무엇인가?
습관처럼 오늘도 또 헤아려본다

어깨결림, 마른기침, 괜한 쓸쓸함
추임새같이 끼어드는 분노, 절망
세상 내달리다 멈춘 금단현상까지

토막잠 꿈속에서 싫어도 자주 만나는
앞서 간 사람들의 무표정한 얼굴과
기~인 침묵의 의미는 접어두고

오늘만큼은

볼이 발그레한 유년의 딸과 아들이
아빠! 하고 품속으로 달려드는
그런 꿈을 꾸며 정말 길게 자고 싶다

침묵의 대화

　꽃샘추위가 기지개를 펴기 시작하는 우수雨水 무렵이면 여든을 훌쩍 넘긴 할아버지는 아침 햇살이 오르르 모이는 사랑방 툇마루에서 곰방대를 입에 문 채 저승길 사전답사 하듯 졸며 깨며 봄맞이를 하고 같이 늙은 누렁이도 질세라 길게 자리를 잡는다

　— 형님!
　— 왔어?
　— 컹컹!

　여든의 동생을 맞는 형의 마른 반응에 누렁이가 마지못해 추임새를 넣고 햇살이 살갑게 자리를 권하면 주위를 간질이던 미동이 멈추고 마치 한 폭의 동양화가 된 듯 나른한 고요가 사방에 내려앉는다 이내 기~인 침묵의 대화가 시작된다

탈색

어둠이
어쩌면 죽음의 세계라고
단정한 그날부터

하루 이틀
또 하루…

나의 밤은
하얗게 탈색되어갔다

펭귄

물속에서는 그 누구도 따를 수 없는 민첩함과 우아함으로 나르던 그가 물 밖에서는 비행의 기억을 망각한 채 날 수 없는 날갯짓으로 뒤뚱뒤뚱 새끼 먹이를 구하러 먼 길 다녀오는 바보 같은 여정을 바라보며 기어이 내 삶을 반추反芻해본다

펭귄이 나를 닮았나?
내가 펭귄을 닮았나?

풍요로운 빈곤

나 들으라고 하는 말인지 아니면 혼잣말인지 아내는 외
출할 때마다 옷장 문을 열고 약간은 짜증 섞인 목소리로 입
고 나갈 옷이 없다고 어김없이 한마디씩 한다

어느 날 아내가 외출한 뒤 정말 입고 나갈 옷이 없는지
아내의 옷장을 열고 세심히 훑으며 세어보았다 자기가 산
옷, 내가 사준 옷, 딸이 사준 옷 언니가 준 옷, 색깔도 모양
도 다양하고 가짓수도 엄청 많은데 이상하다 싶어 자세히
살펴보니 정말 요즘 시대에 맞게 입고 나갈 옷이 없는 것
같다

내 아내가 거짓말을 안 하는 여자라는 걸 확실히 깨달았다

혼자만의 삶

혼자만의 삶이 있으랴만은
있다고, 있어야 한다는 그는
참 우리 모두를 불편하게 했다

사랑도 우정도 인류마저도

사랑의 완성이 왜 결혼이냐고
우정은 아쉬울 때 쓰는 말이라고
효도는 비겁한 구걸이라고

연인도 친구도 부모도
한갓 호칭에 불과했던 그가
어느 날 마른하늘의 벼락을 맞았다

마지막 눈물을 보이는 그에게
까맣게 늙은 아비가 한마디 했다

— 우는 법은 안 잊은 게로구나

희생 그리고 양보

그 시절!

희생이라는 말의 함의가
협박이었음을 알았다

조국을 위하여, 가족을 위하여, 이웃을 위하여

이 시절!

양보라는 말의 함의가
포기라는 걸 이미 안다

젊은이를 위하여, 너 자신을 위하여, 미래를 위하여

그래서
그 능구렁이 같은 말장난에
세월과 나의 함수를 계산하며
못난 삶에 덮개를 또 덮는다, 습관처럼

직直

직선直線의 서늘함과
직렬直列의 음모, 그리고
직진直進의 광기를 보며
훗날의 또 다른 비극이
꼬물꼬물 솟아오름을
직관直觀으로 느낀다

열까지 세고, 잠시
숨을 돌리고 돌아가는
아날로그의 하얀 감성이
둘밖에 모르는 디지털의
시퍼런 기세에 눌렸다

오랜 세월
그토록 어리석은
오류의 숲을 헤매며
옳고 그름이 아닌
다름의 포용을 배웠건만
실천의 용기는 망각했다

어디서 어떻게 가든
걷다보면 만나는 길이요
서쪽 하늘 붉은 노을이 지면
그늘과 양지는 한낱 꿈일진대

왜 그럴까
믿었던 님인데, 끝내
너와 나 모두의 명치에
아물지 않을 쓰린 생채기를
화인火印으로 남겼다

낮술

중복中伏과 말복末伏 사이에서 헐떡거리는 일요일 점심
무렵, 흐르는 세월에 시비라도 걸 듯 일상을 바쁘게 설계하
고 실행하는 아내는 자기 생일주간을 맞아 친구들과 점심
약속이 있다고 수다 떨 준비하듯, 육하원칙을 무시한 얘기
를 참 열심히도 하고 점심은 알아서 챙겨 먹으라고 살뜰한
(?) 하명을 하고 바람같이 나갔다

나만 혼자 집에서 찬밥 아니면 라면으로 점심을 때우려
니 왠지 상당히 손해보는 듯한 느낌이 들어 무더위를 감내
하면서 단골 삼계탕집에 가, 삼계탕만 먹자니 그것 또한 뭔
가 아까운 생각이 들어 차가운 소주를 한 병 시키고 맥주잔
에 가득 부어 속이 짜릿하게 들이켜곤 안주 삼아 삼계탕을
먹는데…

뒤이어 차례대로 들어오는 중늙은이 둘이 각자 자리를
잡고 힐끗힐끗 나를 보더니만 나와 똑같은 주문을 한다 빨
리 마시기 시합이라도 하듯 연거푸 마시고 취기 오른 세 사
람이 구부정한 동년배 주인을 상대로 간접대화를 나누는데
누가 들어도 낮술에 취해 해롱대는 술주정 같다

— 코로나 걸려서 죽기 전에 굶어 죽게 생겼다니까요

— 엎친 데 덮친다더니 날씨는 왜 이렇게 덥고 지랄이래요

— 누가 아니래요 근데 요즘 귀신 뭐 먹고 사는지 모르것
네요

현대인現代人

일 년 중 유일하게 술 마시고 흥청거리기가 민망한 현충
일이 되면,
구멍가게 장의자에 퍼질러앉아 강소주 나팔을 불며 '비목
碑木'이라는 가곡을 흥얼대며 훌쩍이던 현대인이 있습니다

전쟁 고아, 월남전 참전용사, 고엽제의증 환자인 그는 이
제 그 노래를 부르지 못합니다

현대를 마감했습니다

남자의 일생

한 남자를 바라보는 시각이 어쩌면 이렇게 다를 수 있을까 참으로 경이롭다

옛날에 우리 할머니는 내가 이 세상에서 제일 잘 생기고 똑똑한 줄 아셨고, 전에 우리 어머니는 '정신차려 이눔아' 하면서 가끔씩 나를 한심한 인간 취급을 하셨고, 요즘 우리 마누라는 자기 눈짓 하나로도 부릴 수 있는 만만한 존재로 인식하고, 딸내미는 내가 남자인지 여자인지 구분도 못하는 것 같고, 초등학교 4학년짜리 막내 손녀딸은 식당 아줌마가 할아버지를 닮아 잘 생겼다고 하자 한참을 슬피 울었다

파묘破墓

천지신명이 인간들에 대한 감시를 소홀히 하는 관계로 조상에 대한 불경한 짓거리를 해도 괜찮을 것이라는 확고한(?) 믿음을 가지고, 썩은 달 음력 윤사월에

근면과 올곧음의 가치를 일깨워주신 할아버지와 언제나 차고 넘치는 사랑으로 이끌어주신 할머니, 그리고 쓰리고 아린 상처를 남겨주고 떠난 아버지, 불효자식으로 자리매김할 수 있게 납덩이 같은 여한을 남겨주신 어머니 묘를 기어이 파헤쳤다

내가 죽으면 누가 관리하고 섬기겠냐는 아주 영악한 논리를 앞세워 공원묘지 청천 하늘 아래서 시뻘건 황토를 뒤집었다

물기 사라진 네 분의 모습을 차마 마주할 수 없어 먼 발치에서 서성거리다 화장 뒤 한 줌 재로 변한 네 분의 유골이 담긴 봉지를 넘겨받고 울컥하여 고개를 드니 시리도록 파란 하늘이 쏟아내는 따가운 햇살이 내 검은 눈동자에 아프게 박혔다

3부

자존
ㅡ사내1

분명, 출근한다고 집에서 나왔을 것 같은 창백한 40대 중반쯤의 사내가 24시간 사우나 탈의실 한쪽 평상에서 걸치고 있는 찜질복만큼이나 후줄근한 모습으로 광고 전문지를 훑고 있다 무엇을 찾고 무엇을 구하려는 것일까? 아마도 없을 것 같은데 절박하고 답답한 가슴이 그의 손과 흐릿한 눈을 가만 놔두지 않는 모양이다

뒤로 넘기고 다시 앞으로 넘기고, 이리 뒤지고 저리 뒤지고, 체념인지 절망인지 알 수 없는 그의 표정을 아무 생각 없이 강 건너 불구경하듯 물끄러미 바라보는 나의 시선을 의식한 사내, 못마땅한 듯 끙~ 하며 꼿꼿이 돌아앉는 그의 등에 척추에 금을 그은 듯 땀자국이 세로로 선연하다

광대
— 사내 2

새벽 산책길에 만나는 사내
언제나 노숙의 모습이 역력한데
표정과 몸짓은 자못 활기차다

탐색의 내 속내를 알아채고
눈을 마주치치 않으려고, 짐짓
부리는 딴청이 많이 어설프다

어디서 무엇하러 왔을까?

입속말은 낯선 언어로 중얼댄다
간판을 영어로 번역하며 읽는다
가끔씩, 추임새 넣듯 쌍소리도 섞는다
씨브럴, 초카치, 니기미, 개시키

어이없이 바라보는 내 눈길을 의식한 듯
쓰레기봉투를 뒤지러 엎드리며
낡은 청바지 엉덩이를 쳐들고
강아지 꼬리치듯 좌우로 흔든다

돌아갈 곳이 정녕 없는 건가?

아파트 벽에 부딪치며 달려온
벌겋게 멍든 아침 햇살이
사내의 등짝에 또 하루를 얹는다

사랑
─사내 3

저렇게 늘어봐도 물건이 팔릴까?

나의 걱정 따윈 아랑곳없이, 오늘도
등 굽고 밭은기침 자주 하는 영감이
골목 입구 가장자리에 야채좌판을 벌이면
직장에 시간 맞춰 출근하듯, 어김없이
얼룩무늬 군복 차림의 사내가 나타난다

발음도 어눌한 말투로 인사를 건네고
땅을 내려다보면 안 될 이유라도 있는 듯
턱을 한껏 쳐들고 고개를 젖힌 채
뒤뚱거리는 발걸음으로 영감을 돕는다(?)

그냥 가만히 있는 것이 나을 법도 한데
사내는 열심이고 영감이 뒷전이다
어차피 다시 정리해야 할 일이기에
영감의 침착한 인내가 차라리 지혜롭다

오후녘, 모여드는 사람들
폐지 줍는 영감, 목발 짚은 영감

보청기 낀 영감, 갈 곳 없는 영감
파치 애오이 안주로 막걸리판 벌리면
얼룩무늬 사내 골목 밖에서 서성댄다

노란 특수학교 스쿨버스가 서고
청년 같은 우량아가 막대사탕을 입에 물고
뒤뚱뒤뚱 헤벌레 웃으며 내리면
안도가 덕지덕지 묻은 사내의 얼굴이
일그러진 그믐달처럼 삐닥하게 웃는다

난감
― 사내 4

족히 이 백 근은 넘을 듯한 덩치에
낙서처럼 그려놓은 문신이 역겹다

누가 보아도 영락없는 불량배 사내가
작고 늙은 영감을 목욕시킨다
더운 물에 오래 담그고 있어야
몸도 개운하고 때도 잘 밀린다고
어린애 어르고 달래듯 자못 진지하다

― 조용히 해 이놈아!
커다란 목소리에 신경이 쓰인 영감이
카랑카랑한 쇳소리로 주의를 준다

― 할아버지 먹고 싶은 거 없어?
영감의 등을 어루만지듯 주무르며
사내가 어리광을 부린다

― 네깐 놈이 돈이 어딨어 징역 갔다나온 놈이?
네 앞가림이나 똑바로 해 이놈아!
영감의 미간에 주름이 잡힌다

— 돈 있어! 할머니가 죽을 때
할아버지는 나보고 책임지라고 했잖아!
사내의 목소리가 단호하다

희뿌연 대중탕 천장 등을 올려보던
영감의 흐린 눈이 이내 꼬옥 감긴다

어제가 사내의 출감일이다

원망
— 사내 5

까치 까치 설날, 무료한 오후
까치 대신 까마귀 까악대는
속곳 다 내놓은 냇가를 걷는다

앞서가는 키가 길다란 낡은 사내
고관절이 많이 상했나 지팡이가 힘겹다
가래 가득 찬 울분인가 푸념인가
중얼대는 울림이 발길을 막는다

— 지 새끼는 예쁫것지 나쁜 놈!
카악 가래를 굴려 뱉는다, 아주 격하게

— 저는 나이 안 처먹나 나쁜 놈!
팽~하고 마른 냇가에 코를 뿌린다

지팡이를 상장喪杖 잡듯 의지해 하늘을 본다
뿌연 하늘에 뿌연 바람이 분다

— 내가 제 놈한테 뭘 그리 잘못했는데 나쁜 놈!
격하게 흔들리는 어깨가 무거운 듯

냇가 마른 잔디에 풀썩 무너진다

까악 까악
까치 대신 까마귀가 또 운다

가난
— 사내 6

아비는 죽고
어미는 돌아가신
많이 느린 사내

말하는 것도
일하는 것도
밥 먹는 것도

자기 주장을 해본 적이 없기에
남의 물음에 대답만 했기에
머뭇머뭇 말문을 연다

냉수로 채운 뱃고래가
빨리 하면 빨리 꺼지기에
천천히 쉬지 않고 오래했다

기계충, 코찔찔이, 악다구리
업보 같은 세 놈 먼저 먹이고
나머지를 먹었기에 늘 느리고 고팠다

둘째 코찔찔이가 연락을 했다
큰형 위암 수술 받았다고
우리 형 죽으면 불쌍해 어떡하냐고

병든 아이누족 같은
사각 얼굴, 퀭하니 커다란 눈
그가 내 손을 잡고 말했다

— 옛날에 많이 굶다가 요즘 잘 먹어 암이 걸렸나봐!

체념
― 사내 7

봉두난발, 까진 이마엔 커다란 피딱지
아직은 시린 날씨인데 슬리퍼에 맨발이다

반갑지 않은 손님인 듯, 마지못한
편의점 알바생 표정이 많이 구겨졌다

지난 밤 꿈에 좋은 인연이라도 만난 걸까

막걸리병을 소중히 품에 꼬~옥 안고
세상에 더 없는 행복한 표정으로
비척대며 의기양양 돌아가는 사내

빛바랜 운동복 바지 꼬리뼈 부분이
아주 민망하게 길게 타졌다
햇살이 퍼져도 엉덩이가 많이 시릴 것 같다

방황
― 사내 8

삼복중인데, 꽤 더울 텐데…

길게 자란 머리 위에 겨울 털모자가 얹혀 있고 좁다란 어
깨 위엔 시커먼 겨울 코트가 무겁게 걸려 있다 세상이 두려
운지 땅만 보고 걷는 뒷짐진 손엔 오래된 낡은 부채가 쓸모
를 몰라 고개짓하듯 살랑대며 걸음을 재촉한다

무엇을 찾아서 어디서 왔을까?
누구를 만나러 어디로 가는가?

나의 의문 따윈 아랑곳없이
불볕더위 속으로 뒤뚱대며 사라지는
참 불편한 사내

그의 앙상한 등줄기에 한바탕
소나기라도 퍼부으면 좋으련만

울컥하다는 말

아내의 안부를 물으면 눈길을 허공으로 향하며 딴청을 부리던 후배가 상처喪妻를 했다는 예견된 소식을 접하고 문상을 가서 서툰 위로를 할 자신이 없어 인편에 조의를 표하고 내내 불편하다가 내 맘 편하고자 전화를 했다

— 마음이 좀 정리가 됐냐?
— 그냥 그래 형! 가끔씩 울컥하네!
— 그래 그렇겠구나!

옆에서 통화 내용을 듣던 아내가 무겁게 일어나 물을 꺼내려 냉장고로 향하는 뒷모습이 유난히 가늘어 보이는 것이 마음 탓인가? 울컥 치미는 감정이 괜스럽다

6월의 어느 날

반 년은 세월도 아니라고
스스로 항변을 해보지만
한 뼘 같아도 가는 세월인지라

결국, 그대가 떠난 반 년과
내가 견딘 반 년을 버무려
또 다른 반 년을 준비하고

앉지도 서지도 못하는
괜한 분주함을 달래며
문득 6월의 하늘을 우러른다

청매실 익을 때마다
오랜 그리움 채워주듯
사근사근 내리던 비가

웬일일까? 오늘은
저토록 헝클어진 모습으로
초록의 허공을 휘젓는가

무제

결핍으로 허기진 삶을 메우려고
부릅뜬 눈 깨지는 아픔을 참았고
혀를 깨물며 치욕을 견디었는데…

욕심이었나?

그리려던 캔버스는 여전히 여백이고
절규의 메아리조차 삼켜버린 허공엔
지친 낮달이 힘겹게 노을을 토한다

비워야 했나?

비우면 가벼워지는 상식도 망각한 채
더하려고만 했던 삶의 무게가
끝내, 곧추세웠던 허리를 꺾었다

어떻게 해야 하나?

잡을 것도 잡힐 것도 없는 이 길을
그냥 이렇게 가야만 하는 건가
물집 잡힌 발바닥이 많이 쓰리고 아프다

복수

정월 대보름날 아침, 요즘 들어 나를 별로 존경하는 것 같지 않은 마누라를 한방 먹이려고 여보 하고 은근히 불렀더니 왜요? 하고 뾰족하게 대꾸하길래 내 더위 사가라 했다 그랬더니 마누라 이 영감탱이가 이젠 완전히 맛이 갔구만 하는 표정으로 나를 째려봤다 그러나 어찌되었든 올 여름은 별로 덥지 않게 지나갈 것 같다

늙은 날의 초상

대폿집에서, 술에 취해 입에 게거품을 물고 변덕스럽고 검증불가한 마누라의 속내에 강한 불만을 토로하며 열을 올리는 친구에게 홀아비 친구가 뜬금없이 한마디 했다

— 마누라 죽여버려!

순간, 어색한 침묵이 깔리고 이 친구 오금을 박으며 자리를 뜬다

— 죽이려면 확실히 죽여! 가슴에 남기지 말고!

가냘픈 어깨도 무거운 듯 휘청거리는 뒷모습이 수수깡이다

이렇게 우리들의 늙은 날은 휘적휘적 그 먼 곳을 향해 흘러가고 있었다

을乙의 푸념

세상이 다 아는 상식인데 그것을 말할 수 있는 권위와 권리는 자신에게만 있다는 듯 녹음테이프 돌리듯 내 아픈 곳을 또 꼬집는다

— 아버님 약주를 끊으셔야 해요 이담에 고생하세요

도대체 내 자유로운 영혼의 기쁨을 의사라는 신분 하나로 이토록 강제하고 경고할 수 있는 것인지 두 달마다 들르는 병원이 영 불편하다 며칠은 습관처럼 괜한 고민을 안고 지내야 할 것 같다

노욕老慾

마스크를 썼어도 싱그러운 모양새의 젊은 점원이 열심히
상품 설명을 곁들인 제품 권유가 약간은 불편해 그냥 나가
려는 순간

— 이건 어때요?

아내가 반짝이는 장식이 달린 진한 밤색 구두를 들어보
인다

— 내가 신기는 좀 그렇잖아

내 반응이 별로이자 손님 놓칠세라 청년이 잽싸게 끼어
든다

— 아버님 연세에 딱 어울리는 디자인이에요
— 자네 내 나이가 얼만지는 아나?
— 오십대 후반이요

아내가 민망한 듯 빙그레 돌아서며 한마디 거든다

—그 양반 환갑 지난 지 한참 됐어 총각!

립서비스가 좀 과한 것 같기는 하지만 기분이 별로 나쁘
진 않다
거 참 늙은이 욕심이라더니…

소원

흡사, 방아깨비 같은 무릎으로
턱을 치받듯 괴고 앉아
해바라기가 아닌 숨고르기를 하는
노파의 등 뒤 담벼락에 쓰여 있는
— 서로 돕는 우리 이웃! 행복한 우리 마을
구호가 선명하다

폐지라도 몇 장 실려 있어야 할
낡고 지친 작은 리어카엔
깡마른 절망만이 얼기설기 쌓여 있다

민망하고 불편한 인사를 건넨다
— 오늘도 공치셨네요
— 예 고물이 없어요
혼잣말 같은 맥 빠진 대꾸엔
세상의 모든 체념이 묻어 있다

씁쓸히 돌아서는 나에게
가래 섞인 노파의 푸념이 처연하다
— 아들 얼굴 좀 실컷 보고 죽었으면 좋겠어요

아들이 죽었는지, 살았는지, 어디에 있는지
노파는 한번도 말을 한 적이 없다

따뜻한 세상

출발역이건만
이미 자리는 만석이고
다행히도
목적지가 가까운 곳이기에

자리 양보 안 했다고
섭섭하거나 비난할 마음 전혀 없는데

못 본 척 눈 감은 청년
스마트폰에 들어앉은 학생들
넓게 다리 벌리고 딴전 피는 아낙

까만 얼굴 까만 눈동자 까만 수염
낯선 청년이 내 다리를 툭툭 치며
계면쩍은 얼굴로 자리를 양보한다
오히려 내가 당혹스러워
금방 내린다고 사양을 했더니만
붉어진 얼굴로 다시 권한다
따뜻한 마음 따뜻한 손짓이 고마워
부드럽게 손을 잡아 앉혀주었다

머~언 이국에서
대한민국에 꿈을 찾아온
서남방예의지국西南方禮儀之國에서 온 청년이다

4부

미얀마 소녀
— 불편한 여행 1

마치, 보리개떡 반죽 같은 거친 크림을 양 볼에 문지르듯
바르고, 낡은 양산을 힘겹게 치켜든 깜부기를 닮은 아홉 살
배기 미얀마 계집아이가 자석에 끌리듯 내 곁에 붙는다

남국의 햇살보다 더 따가운 가난한 눈빛이 내 어깨에 가
로 걸린 작은 여행가방 속 지갑을 헤집는 불편함을 느끼며,
찬란한 황금빛 부처상이 사방에 새겨진 탑을 돌며 나는 과
연 무엇을 빌어야 하는 건가? 계집아이의 안녕을 빌까? 명
치가 무겁다

빨리 벗어나고픈 불편함에 서둘러 1달러 지폐를 건네는
주름 잡힌 내 손을 잽싸게 가로채는 계집아이 까만 눈동자
에, 눈에 넣어도 안 아플 것 같은 막내 손녀딸의 얼굴이 겹
치는 건 또 무엇인가? 아! 먹물 같은 이 경험을 어찌해야 하
는가? 심란함에 하늘을 우러르니 눈이 따갑다

코끼리 트레킹
— 불편한 여행 2

쇠갈고리가 달린 막대를 잡은 조련사가
재촉하듯 뒤를 돌아보며 손짓을 한다
지친 모습으로 줄지어 서 있는 코끼리 등에
낄낄대며 차례로 올라타는 관광객들
나도 그들 중 하나다 대한민국 여권 소지자

황톳빛 물살 깊게 휘몰아치는 협곡을 건너
뒤로 자빠질 것만 같은 가파른 언덕길을
힘에 겨운 코끼리가 주저앉듯 비칠대며 오른다
성난 듯 몰아치는 조련사 목소리와
쉬지 않고 휘두르는 쇠갈고리 막대가
빨리 내리고 싶도록 불편하고 역겹다

지친 코끼리의 몰아쉬는 숨소리가
나의 알량한 측은지심을 무겁게 짓누른다

타지 말았어야 했다
정말 코끼리를 타지 말았어야 했다

폴 모리아 악단의 '아기 코끼리 걸음마'를 듣고
미소 짓던 나의 위선이 나도 싫다

마약박물관
— 불편한 여행 3

박물관이란 이름을 붙인 연유가 가늠이 안 가는 마약 박물관

조잡한 헤로인 추출기구가 전시품의 전부인 민망한 전시실 한 쪽에 마약에 취해 비스듬히 누운 어느 누군가의 밀랍인형 풀린 눈동자에서 불현듯, 감은 듯 눈뜬 부처의 가는 눈을 떠올리고 저렇게 살다간 사람의 극락은 혹시 이승이 아니었을까 억지 짐작도 해보는데, 행여 나는 나만의 삶의 질곡에서 허덕이며 순간순간 양귀비가 아닌 다른 마약에 취해 살아온 건 아닌지, 복잡한 속내를 비웃기라도 하듯 백색 양귀비꽃이 만발해 있을건만 같은 트라이앵글 하늘에 몽글몽글 흰 구름이 여유롭다

사랑한다면

사랑한다면
남은 길, 그냥
무심한 척 나란히 걸으세요

얼마 남지 않은 길 재촉하지 말고
길에 구르는 돌멩이도 툭 한번 차보고
갓길 코스모스 꽃잎 하나 따서
입 맞추듯 입술로 살포시 물어보고
허전하거들랑 하늘을 우러러
하느님 비위도 건드려보세요
— 어이 그곳 형님은 안녕하신가?

사랑한다면
억지로 확인하듯
자세히 마주 보지 마세요

뿌옇게 흔들리는 눈동자
깊게 파인 굵다란 미간
잡아당기듯 처진 볼살
이런 것 보아서 무엇하시게요

갈라진 쉰 목소리 듣기 싫거들랑
거친 손 슬며시 잡아 마음을 전하세요

진정 사랑한다면…

선물

영嶺 넘어 바다 찾아간
수줍은 소년 같은 친구가
꾸덕꾸덕한 우정을 담아
꾸덕꾸덕한 선물은 보내왔다

코다리와 양미리 한 두름씩

동해바다 바닷물로 간을 하고
울산바위 소소리바람으로 말려서
우리만큼이나 물기가 빠져
굽어서 슬픈 흔적을 담았다

받아서 기쁜 감정도 변했나
코끝에 싸~아한 적막이 돈다

같이 가기

목구멍에 참기름을 바른 듯 상당히 매끄러운 말투로 영
생을 축원하는 꽤나 유명한 목사님이 세우신 엄청 커다란
예배당 바로 건너편에 '장안에서소문난쪽집게무당옥보살'
이라고 통유리에 도배하듯 울긋불긋하게 써 붙인 신당이
있다

예배를 보고 나오는 사람은 싫어도 그 신당 간판을 보아
야 하고, 신령님께 치성을 드리고 나오는 사람 또한 어쩔
수 없이 그 예배당 십자가를 보아야 하는 웃지 못할 상황인
터라, 세상 참 재미있다는 나만의 생각으로 낄낄대며 그 앞
을 오가며 사람들의 반응을 곁눈질로 살펴보았는데, 어럽
쇼 별반 특별한 게 없다

아마, 저세상에서 만나면 서먹할 것 같아 서로 모른 체하
는 것 같다

겨울 햇살

햇살이 여위었다

차가운 슬픔의 근원을 모르기에
덥석
상고대를 품었다가 몸살이 났나보다

한 무리 까마귀떼
까~악 까~악
자꾸만 웃는다

입춘立春 즈음에

봄 색시 온다기에
마중을 하렸더니
무엇이 그다지도
수줍고 어려운지
길 떠난 동장군 불러
손잡고 오셨는고

봄눈 이야기

봄날!

매화 향기에
동백 유혹에
느닷없이 내리는 눈

봄을 시샘하다
봄의 요염한 눈짓에
스스로 스러지는 눈

그리고

참 쓸데없는 외로움을
단단히 일러주고 떠나는 눈

낙엽이 전하는 말

낙엽을 눈에 담으면
그립다는 말이 자꾸만 떠오릅니다
딱히 그리운 사람도 없는데 말입니다

낙엽이 바람에 지면
문득문득 이별을 생각합니다
어떻게 이별을 할지도 모르면서 말입니다

낙엽이 겹겹이 쌓이면
상처난 가슴골을 달래고 또 어루만집니다
치유되지 않을 상처인 줄 알면서 말입니다

낙엽이 어지러이 뒹굴면
가을이 아닌 겨울을 먼저 걱정합니다
하얀 겨울이 아닌 차가운 겨울 말입니다

그래도 가을이 되면
파란 하늘을 무시로 올려다봅니다
푸른 희망의 끈을 찾으려고 말입니다

불면의 꿈길

불면의 공백은 늘 사각의 틀을 하고 하얀 색으로 나타난다

생전 부모님 모습이 사각 틀 안에 나타나고 유년의 놀이
동산도 청춘의 일그러진 모습도 훗날의 먼 길 떠나는 등 굽
은 나의 뒷모습도 액자 안의 사진 같은 형상이다
생인손 같던 사랑과 미움의 모습들이 하얀 화선지 위에
먹물 번지듯 시시각각 온갖 모습으로 다가오듯 스쳐지나간
다 슬픔도 기쁨도 아닌 눈물이 나고, 사각 틀 밖의 세상으
로 가고 싶은데 발길이 떨어지질 않는다 누군가를 소리쳐
불러보았건만 대답은커녕 뒤도 돌아보질 않는다

결국, 이 밤도 어젯밤같이 허우적대며 망각의 계단을 또
한 칸 올라간다

의문

'사랑하는 사람'과
'사랑했던 사람'의
차이를 생각해본다

시차의 간극일까?
아님
감정의 합리화일까?

낡은 기억

아주 못난 습관처럼
아득한 세월의 조각들을
주섬주섬 꿰어보는데

분명 내게도
소년의 계절이 있었기에
파란 하늘빛이 기억나고

또, 피 끓는
청춘의 그날들을 살았기에
사랑하고 미워하고 아파했으리라

그래서
가슴에 멍이 남아 있으리라
짐작도 해보는데…

기쁠 때나 슬플 때나
별은 여전히 빛을 발하고
어둠 또한 변함없는데

빛바랜 내 눈동자
낯설게 구겨진 손등
이건 대체
무슨 징표란 말인가

재개발

탐욕의 거친 횡포가
마구 휘젓고 간 자리에
자본을 흠뻑 들이켠
잿빛 콘크리트 기둥들이
비 온 뒤 죽순 자라듯
무럭무럭 자라난다

대머리 김가네이발관
욕쟁이할멈 반찬가게
바람난 용이 엄마 미장원
이집 저집 요집 건넛집

몽땅 기억 한 켠으로 처박혔다

유년의 초록 광장이 영원히 사라졌다

훈시 訓示

어디가 아파도 한 군데가 아파야 무슨 병인지 알고 조치를 하고 처방을 해서 고칠 수가 있는데, 이것은 마치 병지순례病地巡禮라도 하듯이 매일 온몸이 돌아가면서 구석구석이 아프다고 입버릇처럼 중얼대는 아내에게 작정을 하고 일장훈시를 했다

— 당신은 지금 무언가 중요한 것을 잊고 있는 것 같은데, 우리나라의 평균수명이 여자가 남자보다 10년 길고 당신하고 나의 나이 차이가 4살인 것을 감안하면 우수리 4년은 떼어버리더라도 산술적으로 나보다 10년을 더 살아서 나 죽은 뒤치다꺼리 깔끔하게 마무리 짓고 따라와야 하는데 맨날 내 앞에서 아프다고 죽는소리를 해대면 그건 도리가 아니지!

그랬더니 이 화상이 아픈 사람 앞에 놓고 무슨 개 풀 뜯어먹는 소릴 하고 있냐는 듯 흰자가 많이 보이는 곁눈질로 나를 째려보았다 상당히 근엄한 내 훈시가 씨가 안 먹힌 것 같다 봄이 오려면 아직 먼 겨울인데 상당히 후덥지근한 저녁나절이다

희한한 논쟁

맛이야 어떻든 간에 간이 밴 음식만 보면 술을 찾고, 반주를 거르면 삶의 한 축이 무너지는 듯이 안달하는 영감에게 뾰족한 턱을 앞으로 내밀며 오만상을 찌푸린 마누라가 쉿소리도 아닌 강화유리 긁는 소리로 한마디 했다

— 당신 완전히 알코올중독자야

까만 머리카락만 솎아낸 듯한 엉성한 백대가리 영감이 듣든 말든 주절주절 대꾸를 한다

— 내가 기억하기론 내가 알코올중독자가 되는데 당신이 보태준 것 하나도 없고 오로지 나 혼자의 힘으로 힘든 여정을 거치며 중독증상을 보일 정도로 한 분야의 정점에 오른 나를 당신은 전혀 존경하는 것 같지가 않네 그려! 알코올중독자가 되는 게 얼마나 지난한 일인지 당신은 모를 거야! 수시로 흔들리는 골을 추스르고 환장하듯이 쓰리고 아린 속을 달래느라 엄청난 고통을 감내해야 했고, 어디 그것뿐인가? 싸가지 없는 놈들 혼내주려다 오히려 내가 맞아 눈탱이가 밤탱이가 된 적도 있고, 비가 오면 자연히 씻겨 내려가는 수세식 변기라 생각하고 아스팔트에 오줌을 누다가

차에 치일 뻔도 하고, 갑질하는 거래처 담당자 놈 대접한다
고 질세라 양주를 그라스로 마시고 못 견뎌 화장실에 가서
토하고 와서 다시 마시기도 했고, 그런 내가 너무 초라해
비 오는 늦은 밤 귀가길에 새 구두 망칠까봐 벗어서 손에
들고 엉엉 울기도 하면서 다져온 내공인데…, 반주로 막걸
리 한 병 마신다고 집안이 거덜나는 것도 아니고, 내일 죽
어도 내 죽음이 안타깝고 내 재능이 아깝다고 누군가가 펑
펑 울어줄 위인도 아니요 자식들 효도는 기대도 안 하고 오
로지 당신만 믿고 막걸리 위안 삼아 사는 사람인데 당신 그
러면 안 되지 안 그래? 이 할마시야!

　별안간 영감 잔에 있는 막걸리를 마누라가 벌컥 마셔버
렸다 오만상을 더 찌푸리고

강요된 침묵

— 잔 받아
— 그만할래 과했어
— 너 그따위로 빼다가 재수 없으면 백 살까지 살아 임마

티격태격의 시간이 지나면
기~인 침묵
그 그늘이 진하고 서늘하다

까마귀도 백로도
놀아주지 않는 허수아비 그림자들

괜시리 허공을 응시하는 눈동자만
하릴없이 뿌옇게 끔벅거린다

쪼잔한 일상에서 건어올린 해학
— 세상은 아직 살 만한 곳인가?

우대식/ 시인

　김석일의 시집『울컥하다는 말』은 삶의 여정에서 만난 사람과 풍경을 문학적 수사를 제거한 채 담담하게 그리고 있다. 현대 예술의 특징으로서 '낯설게 하기'라는 방법론을 배제하고 형상화하고 있는 사람들의 모습은 쪼잔하기 이를 데 없다. 그러나 우리의 삶이란 이러한 쪼잔한 일상의 연속이며 그 가운데 삶의 진정성이 도사리고 있다는 탁견을 이 시집은 보여준다. 또한 쪼잔함의 일상 속에서 보여주는 해학적 국면들은 자신의 삶을 통찰하고자 하는 혜안을 담고 있다. 문학적 현상으로서 주류의 길을 버리고 자신에게 맞는 옷을 입고 길 위에서 바람을 맞고 있는 김석일 시인의 시편들을 읽으며 고개를 주억거리게 된 것은 앞에 말한 평범한 일상 속에서 건어올린 혜안의 울림 때문이었다.

　이 시집 앞에 실린「시인의 말」은 이 시집의 속성 전체를 한마디로 보여주고 있다.

결국, 또
지쳐서 주저앉은 사람들 모습을 담았다.

이유가 뭘까?
나도 잘 모르겠다.
그냥 자꾸 눈길이 간다.

행여 내 모습도
누군가가 유심히 지켜보고 있는 건 아닌지?

언제부터인가 삶에서
시나브로 신바람이 빠져나간다.

— 「시인의 말」

그의 말처럼 이 시집은 "지쳐서 주저앉은 사람들의 모습"
을 담고 있다. 후배, 친구, 아내, 기타의 사내 등이 이 시집
에 등장하는 주된 인물군들이다. 두 번째 시집인 『평택항』
을 평한 글에서 백인덕 시인은 최근 발간된 시집에서는 찾
아볼 수 없는 인간군상에 대한 형상화를 깊이 있게 짚어낸
바 있다. 어쩌면 이번 시집도 한편으로는 그 도상 위에 서
있다고 할 수 있다. 자신의 시선이 사람을 따라가는 이유
에 대해 그 스스로 잘 모르겠다고 고백하고 있다. 시 전체
를 읽으며 느낀 것을 두 단어로 드러내면 '사람'과 '연민'이
라 할 수 있다. 사람과 연민은 죽음을 향해 여행을 하는 인

간 군상을 바라보는 시인의 마음의 결이라 할 수 있다.

이 시집의 다른 장점은 그럴듯한 포즈를 포기한 것에 있다. 시가 가진 현란함과 엄살 혹은 엄숙함을 걷어내고 즉물적 정황을 그대로 묘파해내는 힘이 돋보인다는 뜻이다. 그안에 해학이 도사리고 있다.

설날 아침
한동안 소식이 없던 후배가 문자를 보내왔다

— 형님 새해 건강하고 정력 충만하십시오

쑥스럽고 기특해서 덕담할 요량으로 답신을 했다

— 고맙다 너도 새해에는 더욱 건강하고 술도 좀 줄여라

곧바로 회신이 왔다

— 암만 나이를 잡수셨어도 할 말 안 할 말 내가 할 말 니가 할 말은 가려서 할 줄 아는 습관을 기르도록 노력합시다 형니~임

아무래도 금년 역시 후배들 등쌀에 쥐꼬리만큼 받는 국민연금이 거덜날 것 같다

— 「후배 2」 전문

이 시는 「후배」 연작 가운데 한 편이다. 설날 아침에 주고받을 수 있는 의례적인 인사 행위에서 시적 화자는 자신의 일상을 해학적으로 그리고 있다. 정력 충만하라는 장난기 섞인 인사에 대해 술을 줄이라는 덕담은 대단히 일상적인 대꾸라 할 수 있다. 이 시의 해학은 6연에서 비롯된다. 술을 줄이라는 덕담에 대해 "암만 나이를 잡수셨어도 할 말 안 할 말 내가 할 말 니가 할 말은 가려서 할 줄 아는 습관을 기르도록 노력합시다 형니~임"이라는 후배의 답장은 내용 상으로 보자면 술을 줄이지 않겠다는 의지의 표명이라 할 수 있다. 그러나 발화의 형식으로 보자면 상황의 역전이라는 능청이 전제되어 있다. 후배의 교시적인 발화의 태도가 강조됨으로써 듣는 이로 하여금 주눅이 들거나 화를 유발할 상황으로 몰고 간다. 그러한 상황에 대해 후배들 술을 사주다가 국민연금이 거덜날 것이라는 자조는 상황의 아이러니를 연출한다. 그것은 주어진 일상의 긍정이라는 더 나아가 오히려 그러한 모의에 적극 참여한다는 동의를 내포하고 있기 때문이다.

시적 화자가 맺은 관계성이란 그럴듯한 예의나 형식을 넘어 상대의 의표를 찔러 일상의 해학을 유발하는 방식이다. 「후배 1」에서 서로에게 염장질하는 장면도 시적 형상화 방식으로 보자면 위 시와 유사하다. "이 형 옛날에는 쓸 만 했는데 이젠 물건 완전히 못쓰게 되셨구만 그랴! 하며 전화를"(「후배 1」 부분) 끊는 후배의 행위는 장유유서라고 하는 유교적 전통 덕목으로 볼 때는 지탄받을 만하나 이는 서로에 대한 연민과 이해가 전제되었기에 해학적인 것이다. 집에 있는 시적 화자를 불러내어 실컷 술을 얻어 마시고 일갈하는 후배의 장면은 후배 시편의 압권이라 할 수 있다. "이친구가 정색하고 나를 타이르듯 철학적인 어조로 말했다//— 형! 집에서 마누라 눈치나 보고 있는 중늙은이 불러내서자리 깔아주면 됐지 술값까지 내라고 하면 경우가 아니지!그런 식으로 살면 이담에 죽어서도 좋은 소리 못 들어 형!알아?"(「후배 3」 부분). 이 소리에 말문이 막혀 막걸리 한 병을 더 시키는 장면은 부당하다 싶으면서도 맞는 말이라는전제가 내포되어 있다. 이러한 태도는 관계성의 긍정이며쪼잔한 일상을 넘어서는 해학이라 할 수 있다.

상처가 된 말 연작도 그러한 점에서 관계성의 파탄에 대한 안타까움을 내포하고 있다.

그냥
그만하자 하면 될 걸

정치인은 애저녁에 아닌
애매한 애국자 두 녀석
입에 거품을 물었다

이게 나라냐고 열 올리는 녀석
그건 아니라며 냉정해야 한다며
그게 우리가 할 일이라는 대응에
기어이 터졌다

너도 빨갱이냐 새꺄!

삼복 열기와 술기운이
순식간에 얼어붙고, 끝내
무거운 침묵을 박차고
한 녀석이 자리를 뜬다

무려 육십년지기인 두 녀석
충분히 녹았으리라 기대도 했는데
아직도 아주 단단한 얼음이다
남과 북만큼이나 요원하다

— 「상처가 된 말 3」

이 시는 여항의 술집에서 흔히 있을 법한 일을 다루고 있다. 첨예한 이분법적 정치 지향은 늘 갈등의 요소를 내포하고 있다. 사람과의 관계는 말에서 비롯되고 그 종착도 역시 말인 경우가 대부분이다. 유독 합리적 기제를 상실한 정치 담론은 끝내 인간관계의 파탄을 불러온다. "너도 빨갱이냐 새꺄"이 한마디는 그동안의 모든 관계성을 박살내는 말이다. "그냥/ 그만하자 하면 될 걸" 자신의 주장을 굽히지 않고 결국 회복하기 어려운 관계로 만들어가는 것도 모두 말 때문이다. 그 쉬운 말 한마디를 못해 서로에게 상처를 주는 것이 오늘날 인간관계의 한 모습이다.

「상처가 된 말」 연작은 간단하게 말하면 모든 것이 해결

될 것을 그러지 못하는 우리의 실상을 비판적 시각으로 바라보고 있다. 요양원에 있는 어머니를 찾아와 "그냥/ 죄송합니다 하면 될 걸"(「상처가 된 말 4」 부분) 자신들의 행위를 합리화하기 위해 "집보다 여기가 편하시죠?"(「상처가 된 말 4」 부분)라는 물음에서 야비한 인간의 속성을 엿보게 된다. 시적 화자가 원하는 것은 특별한 그 무엇이 아니라 좀더 진솔하게 나아가 한발 물러난 말들의 향연을 보고 싶은 것이다. 그랬을 때 세상은 살 만한 곳이 될 것이며 여항에서의 우리의 삶도 풍요로운 그 무엇이 될 것이라는 기대가 시 속에 담겨 있다.

오늘날 말은 관계를 이룩하는 긍정보다도 오히려 점점 관계를 어렵게 하는 부정의 요소가 판을 치는 세상이다. 신문 한 쪼가리를 읽어도 글 속에 수십 개의 칼날들이 번쩍이고 자신이 한 말로 인해 자신이 상처를 받는 경우도 허다하기 짝이 없다. 어쩌면 시인은 부박한 시대를 살아가는 우리 세대의 표상을 상처가 되는 말로 형상화하고 있는 줄도 모른다. 이 관계성의 파탄이 주는 비극이 단지 인간끼리의 문제가 아니라는 인식에 도달하면 제어할 수 없는 슬픔이 솟아나기도 한다.

날 비린내를 풍기며 밀려온
낯선 체념과 분노, 그리고
어찌해볼 도리조차 상실한 쓸쓸함

원죄를 털어내지 못한

인간의 욕망이 저지른 업보가
보석보다 더 소중한 남은 날들을
덥석덥석 먹어대는 현실에
낮과 밤이 뒤섞인 지 이미 오래다

시비를 가려야 하는 건지, 아님
자숙의 의례를 치러야 하는 건지
조용히, 아주 집요하게 다가오는
자연의 분노를 어찌할 수 없기에
애먼 이웃 간의 눈빛만 부박하다

칠흑 같은 그믐밤을 견뎌야
초하루 새벽 여명이 찬란하다는
그런 희망 섞인 기다림이 아니기에
손이 닿지 않는 등짝 긁듯, 또,
하루가 웃픈 몸짓으로 지나간다

―「일상 ―코로나19」

코로나사태는 우리의 일상을 뒤집어놓았다. 문제는 인
간이 믿어온 과학이나 이성의 힘으로도 제어할 수 없다는
데 있다. 사실 자본주의는 물론 사회주의조차도 자연은 이
용의 대상이었을 뿐 동일한 주체로서의 소통을 오랫동안
저버리고 살아온 것이 인간의 역사이다. 시적 화자는 이를
"인간의 욕망이 저지른 업보"라고 통찰해내고 있다. 대유행

의 질병이 단순한 병리적 증상으로서의 현상이 아니라 인간의 욕망이 불러온 재앙이라는 인식은 세계를 좀 더 생태적 관점에서 바라보게 한다. "아주 집요하게 다가오는/ 자연의 분노를 어찌할 수 없"다는 인식이 그것인데 여기에는 핍진한 절망이 도사리고 있다.

인간의 일상의 삶이 깨진 곳에 남은 것은 부박한 서로의 눈빛이며 더 절망적인 것은 밤이 지나면 새벽이 온다는 이치도 현재의 상황에는 그리 적절한 비유도 아니라는 사실이다. 절망적인 현재적 상황을 "손이 닿지 않는 등짝을 긁"는다고 비유하고 있다. "온천지에 매설된 코로나19라는 부비트랩"(「세월 —코로나19」 부분)은 쪼잔한 일상에서 삶의 애환과 해학마저도 앗아간 것이다. 이러한 절망적 상황에서 시인은 자신의 자화상을 그려보고 있다.

물속에서는 그 누구도 따를 수 없는 민첩함과 우아함으로 나르던 그가 물 밖에서는 비행의 기억을 망각한 채 날 수 없는 날갯짓으로 뒤뚱뒤뚱 새끼 먹이를 구하러 먼 길 다녀오는 바보 같은 여정을 바라보며 기어이 내 삶을 반추反芻해본다

펭귄이 나를 닮았나?
내가 펭귄을 닮았나?

—「펭귄」 전문

펭귄의 여정을 통하여 그려진 모습은 자화상의 형상을 하고 있다. 펭귄의 비유를 그대로 따라간다면 젊은 날 시적 화자는 민첩함과 우아함으로 세상을 활보했던 시절이 있었을 것이다. 그러나 "뒤뚱뒤뚱 새끼 먹이를 구하러 먼 길 다녀오는 바보 같은" 펭귄의 여정에서 아마도 식구들의 밥벌이를 위해 수고하던 날들을 떠올렸을 법하다. "갑질하는 거래처 담당자 놈 대접한다고 질세라 양주를 그라스에 마시고 못 견뎌 화장실에 가서 토하고 와서 다시 마시기도 했고, 그런 내가 너무 초라해 비 오는 늦은 밤 귀가길에 새 구두 망칠까봐 벗어서 손에 들고 엉엉 울기도 하면서"(「희한한 논쟁」 부분) 살아온 인생의 내력이 바로 펭귄의 걸음걸이라 할 수 있다. 일상을 살아가는 많은 가장들의 걸음은 펭귄의 걸음과 유사할 터이다. 생의 불우한 조건을 감수하면서 식구들의 위해 밥벌이를 하고 지친 몸으로 돌아가는 길은 분명 비틀거렸을 것이다. 필사의 걸음으로 도달한 곳에 식구들이 있다는 사실은 어떤 것과도 견줄 수 없는 위로가 될 터이다.

그럼에도 불구하고 다시 뒤를 되돌아보는 펭귄의 눈빛에 물기가 서려 있는 것도 인생이라는 과정 속에 피할 수 없는 실존의 형상이라 할 수 있다. 실존 앞에 놓인 죽음은 시적 화자로 하여금 수많은 밤을 지새우게 한다.

어둠이
어쩌면 죽음의 세계라고
단정한 그날부터

하루 이틀

또 하루…

나의 밤은

하얗게 탈색되어갔다

—「탈색」 전문

　이 시는 다른 시편들과는 다르게 실존적 고뇌를 보여준
다. 어둠이 죽음의 세계라고 단정한 날부터 "나의 밤은/ 하
얗게 탈색되어갔다"는 것은 실존적 존재로서 이 세계와 맞
서는 한 방식이라 할 수 있다. 어쩌면 시인이 이 세계를 견
뎌내면서 긍정과 해학으로 일상을 살아가는 것도 이러한
실존적 천착 때문에 가능한 것이라 할 수 있다. 죽음과의
대결이라는 끝없는 마음의 갈등 속에서 일상은 아름다움으
로 가득한 세계라 할 수 있다. 궁극으로 설정된 죽음에 관
한 의식은 이 세계를 대하는 방식으로서 관용이라는 미덕
을 선사한다. 죽음을 정면으로 응시한 실존은 세계를 바라
보는 다른 시선을 가지게 된다. 상처를 주는 말을 삼가며
좀 더 베푸는 일상을 살아가는 것도 죽음과의 관계에서 오
는 인식의 하나라 할 것이다.

　"초등학교 4학년짜리 막내 손녀딸은 식당 아줌마가 할아
버지를 닮아 잘 생겼다고 하자 한참을 슬피 울었다"(「남자
의 일생」 부분)는 고백은 사실이면서도 능청스러움을 내포
하고 있다. 이 능청은 아내나 딸마저도 자신을 그저 그런

사람으로 취급한다는 자조적 태도를 가지면서도 동시에 그마저도 괜찮다는 관용의 태도를 보여준다. 이 역시도 실존의 치열한 자의식의 소산이라 할 수 있다. "사랑한다면/ 남은 길, 그냥/ 무심한 척 나란히 걸으세요"(「사랑한다면」 부분)라는 육성에 가까운 시적 진술도 죽음을 응시한 자의 너그러움에서 비롯되었다 할 것이다.

시집 『울컥하다는 말』에서 가장 빛나는 부분 중 하나는 아내에 대한 시편이라 할 수 있다. 약간의 갈등과 희희낙락, 그리고 연민과 조롱으로 이어지는 시편들을 읽다보면 오히려 일상을 살아낸 노부부의 여유와 풍요로움을 느끼게 해준다. 어쩌면 삶이란 반듯한 그 무엇이 아니라 울퉁불퉁한 돌들이 서로에게 부딪쳐 깨지며 조화를 맞추어가는 과정의 연속이라는 평범한 진리를 시 속에서 마주하게 된다.

아내의 안부를 물으면 눈길을 허공으로 향하며 딴청을 부리던 후배가 상처喪妻를 했다는 예견된 소식을 접하고 문상을 가서 서툰 위로를 할 자신이 없어 인편에 조의를 표하고 내내 불편하다가 내 맘 편하고자 전화를 했다

― 마음이 좀 정리가 됐냐?
― 그냥 그래 형! 가끔씩 울컥하네!
― 그래 그렇겠구나!

옆에서 통화 내용을 듣던 아내가 무겁게 일어나 물을 꺼내려 냉장고로 향하는 뒷모습이 유난히 가늘어 보이는

것이 마음 탓인가? 울컥 치미는 감정이 팬스럽다

—「울컥하다는 말」전문

후배의 상처喪妻에 대한 위로 끝에 물을 꺼내려가는 아내
의 뒷모습에서 피어난 연민은 시적 화자의 아내에 대한 가
장 솔직한 감정의 층위일 터이다. 아내에 대한 시편 가운데
이렇듯 감정의 격정이 그대로 드러난 경우는 없다. 이 시집
의 표제시인 이 시에 드러난 아내에 대한 연민의 감정이야
말로 진실에 가까운 것이라 할 수 있다.

그러나 "사랑한다면/ 억지로 확인하듯/ 자세히 마주 보
지 마세요"(「사랑한다면」부분)라고 갈파했듯 아내에 대한
다른 시편들은 직접적으로 사랑한다거나 미안하다는 발언
을 거둔 채 해학적으로 그리고 있다. 정월 대보름날 아내를
은근히 불러 내 더위를 사가라고 말하며 아내의 눈총을 받
으면서도 올 여름은 별로 덥지 않게 지나갈 것 같다는「복
수」라는 시는 평생을 살아온 탈속한 부부에게서나 볼 수 있
는 장면이다. 젊은 날이었다면 며칠은 두고두고 싸웠을 발
화가 아무렇지도 않게 행해지고 그 무엇에 대한 것인지는
모르겠지만 이 사소한 복수 앞에 희희낙락거리는 시적 화
자의 모습은 그저 장난꾸러기의 형상일 뿐 악의는 없어 보
이는 것이다.

「풍요로운 빈곤」이라는 시에서도 "입고 나갈 옷이 없다
고" 투덜대는 아내의 옷장을 뒤져보며 시적 화자가 도달한
곳은 "내 아내가 거짓말을 안 하는 여자라는 걸 확실히 깨

달았다"는 실제적 문제 해결과는 전혀 다른 지점이다. 어떤 미안함이나 죄책감이 아니라 "거짓말 안 하는 여자"라는 형상화 속에서 능청스러움이 내포되어 있다. 이 능청스러움이야말로 고단하고 따분한 일상을 해학의 공간으로 이끌고 있는 것이다. 시 「회한한 논쟁」에서 알코올중독자라고 타박하는 아내에게 자신이 당당히 알코올중독자가 된 긴 사연을 일장훈시로 늘어놓았을 때 시적 화자의 막걸리잔을 대신 마셔버리는 아내의 모습은 부창부수의 면모를 유감없이 보여준다.

어쩌면 김석일 시인은 이 시집을 통해 세상을 여전히 살 만한 곳인가를 되묻고 있는 것이다. 그리고 자신의 삶의 범주 내에서만이라도 가능하면 서로를 위로하고 웃고 싶은 것이다. 이런 바람은 초월적 유토피아를 꿈꾸는 어떠한 예술적 행위와는 달리 이 지상에 자신의 삶을 못 박고 있는 탓에 지상의 인간들에게 더 많은 공감을 유발할 터이다. 눈총을 받으면서도 모른 채 늘어놓는 그의 훈시를 들으며 시에 대한 이야기를 마친다. 세상은 살 만한 곳인가?

어디가 아파도 한 군데가 아파야 무슨 병인지 알고 조치를 하고 처방을 해서 고칠 수가 있는데, 이것은 마치 병지순례病地巡禮라도 하듯이 매일 온몸이 돌아가면서 구석구석이 아프다고 입버릇처럼 중얼대는 아내에게 작정을 하고 일장훈시를 했다

— 당신은 지금 무어가 중요한 것을 잊고 있는 것 같은

데, 우리나라의 평균수명이 여자가 남자보다 10년 길고 당신하고 나의 나이 차이가 4살인 것을 감안하면 우수리 4년은 떼어버리더라도 산술적으로 나보다 10년을 더 살아서 나 죽은 뒤치다꺼리 깔끔하게 마무리 짓고 따라와야 하는데 맨날 내 앞에서 아프다고 죽는소리를 해대면 그건 도리가 아니지!

그랬더니 이 화상이 아픈 사람 앞에 놓고 무슨 개 풀 뜯어먹는 소릴 하고 있냐는 듯 흰자가 많이 보이는 곁눈질로 나를 쩨려보았다 상당히 근엄한 내 훈시가 씨가 안 먹힌 것 같다 봄이 오려면 아직 먼 겨울인데 상당히 후덥지근한 저녁나절이다

―「훈시訓示」전문

현대시세계 시인선 **140**
울컥하다는 말

지은이_ 김석일
펴낸이_ 조현석
기   획_ 고영, 박후기
펴낸곳_ 북인
디자인_ 푸른영토

1판 1쇄_ 2022년 04월 29일
출판등록번호_ 313 - 2004 - 000111
주소_ 121 - 842 서울 마포구 서교동 460 - 34, 501호
전화_ 02 - 323 - 7767
팩스_ 02 - 323 - 7845

ISBN 979-11-6512-140-2 03810
ⓒ 김석일, 2022